아름다운 이름 하나

김용화 시선집

문학세계사

ㅁ시인의 말

나라 안팎을 휘몰아치는 흉흉한 바람 소리가 조용할 날이 없는 요즈음

시집 한 권 묶는다는 일이 이대도록 마음 무겁고 불편한 일이 될 줄이야, 한 해 두 해 좋은 날 오기만 기다려 왔는데……

여섯 번째 시집 발간은 접고

오래전부터 계획한 대로, 그동안 발표한 시집 다섯 권과 새 시집 발간을 위해 묶어 놓았던 시, 450여 편 중에서 92편을 뽑아 시선집을 낸다.

2021년 초가을

서울 오류동 매봉산 기슭에서

김 용 화

ㅁ차례

I

너를 기다리며 ______ 12
아름다운 이름 하나 ______ 13
그 겨울 ______ 14
산길에서 ______ 15
눈길 ______ 16
장길 ______ 17
먼길 ______ 18
불두화 피는 밤 ______ 19
망종 무렵 ______ 20
병아리들의 기도 ______ 21
딸에게 ______ 22
첫눈 내리는 날에 쓰는 편지 ______ 23
목 ______ 25
밥과 법 ______ 26
평창강 물수리 ______ 28

딸 시집보내고 ______ 29
그리운 홍성 ______ 30
아버지의 짐 자전거 ______ 31
웅봉국민학교 ______ 32
모과 ______ 35
노파와 개 ______ 36
너구리 가족 ______ 37
입동 무렵 ______ 38
그 여름 ______ 39
귀향 ______ 40

II

저 하늘 아래에는 ______ 42
마중 ______ 43
곡우 단비 ______ 44

비 오다가 갠 날 ______ 45
감꽃 지는 마을 ______ 46
고향 산 베고 누워 ______ 47
세월 속에서 ______ 48
장마 끝나고 ______ 49
아내 ______ 50
가족사진 ______ 51
가장의 밤 ______ 52
소꿉놀이 ______ 53
첫사랑 그 여자 ______ 54
강 건너 그대 ______ 55
내 안의 여자 ______ 56
봄밤 ______ 57
소래산 진달래꽃 ______ 58
먼 손님 ______ 59
망종 지나고 ______ 60
고향 집 ______ 61
할머니 ______ 63

옛 동산에 오르며 ______ 64
눈 내리는 저녁 ______ 66
꼬마 시인 ______ 67
홍성군 금마면 봉서리 ______ 68

Ⅲ

밥 앞에서의 명상 ______ 70
살기 위하여 ______ 72
아버지 ______ 73
장구미 고모 ______ 75
고비사막으로 떠난 낙타 ______ 77
나왕케촉 ______ 79
페인트칠하는 남자 ______ 81
아버지는 힘이 세다 ______ 82
비 내리는 소래 포구에서 ______ 83
그 시절 ______ 85

소의 유언 ______ 86
염소 ______ 88
추자도 뿔소라 ______ 89
끌려가는 소 ______ 90
닭집 ______ 92
산 낙지를 씹으며 ______ 94
불혹不惑 ______ 96
종심從心 ______ 97
금성 일식 ______ 98
실레네 스테노필라 ______ 100
1999년 12월 31일 밤을 위한 시 ______ 102

IV

개밥바라기별 ______ 106
쎄리 ______ 107
루루를 위한 세레나데 ______ 109
장미는 왜 붉게 피는지 ______ 111

초롱꽃 _____ 112
강아지꽃 _____ 113
능소화 _____ 114
능소화 사랑 _____ 115
민들레꽃 _____ 116
빨래터 풍경 _____ 117
독골 엿장수 _____ 119
소금 동냥 _____ 121
부루쌈 _____ 123
낙화 _____ 125
재분이 _____ 126
겨울, 소명원에서 _____ 128
학교를 떠나며 _____ 130
지후가 오는 날 _____ 132
혜준이 _____ 133
비탈에 서서 _____ 135
자화상 _____ 136
그날 _____ 137

I

너를 기다리며

너를 기다리기
백 년이
걸린다

너를 잊기까지
죽어서
또 백 년이
걸린다

나는 산정에 선
한 그루
나무,

하늘이 푸르다

아름다운 이름 하나

하늘에 작은 별 하나
빛날 때까지
얼마나 많은 밤 꽃들이 피어나
하늘길 밝혔을까

강가에 꽃 한 송이
피어날 때까지
얼마나 많은 밤 별들이 반짝이며
강물 위에 빛났을까

하늘과 땅 사이
아름다운 이름 하나,

얼마나 더 많은 밤
잠 못 이루고
사무쳐야
내 가슴에 피어날 수 있을까

그 겨울

겨우내 하얀 눈이 쌓이는
고향 집 삼밭
캄캄한 구덩이 속에서는
샛노란 무 싹들이 세상 소식 궁금하다고
기지개를 켜며
새록새록
고개를 밀어 올리고 있었습니다

산길에서

나 세상에 다시 태어난다면
깊은 산 외딴 길섶에
한 송이 이름 없는 작은 꽃으로 피어나리라
혹여, 그대가 한 번쯤
하찮은 실수로
바람처럼 내 곁을 머뭇거리다
지나칠 때
고갤 꺾고 꽃잎 한 장 바람결에 날려 보리라

눈길

어둑새벽 눈길 위엔
시묘 살던 서당 집 훈장 할아버지 짚신 발자국과
석유등 밝히고 새벽예배 간
천안 할머니,
조그만 신발 자국이 나란히 찍혀 있었습니다

장길

빚 봉수 서고

팔려가는
소

자운영 꽃 피는
논둑길 건너갈 때

울 아버지
홧병,

쇠뿔 같은 낮달이
타고 있다

한내
장길

먼길

한 사날—
진달래꽃 길을 따라 혼자 걸어서
그대 사는 먼 곳 외딴 그 오두막 찾아가 보고 싶네
폭설처럼 꽃 지는 저녁
길 위에 엎어져 영영 잠들어도 좋겠네
꽃신 한 켤레
허리춤에 달랑 차고

불두화 피는 밤

워낭 소리 무심히
빈 뜰을
채우는 밤

몽실몽실
달 아래
불두화 벙그는 소리

외양간 소가
귀 열고
가만—

눈 감으시다

망종 무렵

할아버지 소와 함께 비탈밭을
가신다
송아지는 심심하다고
어미 그림자 졸졸 따라다닌다

개옻나무 아래 잠시
할아버지 눈 붙이시는 동안
커다란 두 눈 슴벅이며
어미는 연하여 송아지 목덜미를 핥아 준다

초아흐레 흐린 낮달이
가새뽕나무에 걸리는 한나절,
쑥꾹새 울음 따라
빨간 오디가 먹빛으로 익는다

병아리들의 기도

거룩하여라,

물 한 모금
머금고

하늘을
우러르는

저
꼬마 성자들!

딸에게

너는
지상에서 가장 쓸쓸한 사내에게 날아온 천상의
선녀가
하룻밤 잠자리에 떨어뜨리고 간 한 떨기의 꽃

첫눈 내리는 날에 쓰는 편지

소한 날 눈이 옵니다
가난한 이 땅에 하늘에서 축복처럼
눈이 옵니다
집을 떠난 새들은 돌아오지 않고
베드로학교 낮은 담장 너머로
풍금 소리만 간간이 들려오는 아침입니다
창문 조금 열고
가만가만 눈 내리는 하늘 쳐다보면
사랑하는 당신 얼굴 보입니다
멀리 갔다 돌아오는 메아리처럼
겨울나무 가지 끝에
순백의 꽃으로 피어나는 눈물 같은 당신,
당신을 사랑한 까닭으로
여기까지 왔습니다
기다림의 세월은 추억만으로도
아름답지만
이제는 가야 할 시간이 얼마 남지 않았습니다

당신을 만나서는 안 되는 까닭은
당신 만날 날을 기다리는 일이
내가 살아온 까닭의 전부이기 때문입니다
한 방울 피가 식어질 때까지
나는 이 겨울을 껴안고
눈 쌓인 거리를 바람처럼 서성댈 것입니다

목

산다는 것은
목을 내놓는 일이다

목을 씻고
하늘을 우러르는 일이다

저녁에 돌아오며
목을 만져보는 일이다

밥과 법

밥이 있다
법이 있다

밥이 있고
법이 있는가
법이 있고
밥이 있는가

밥 속에
법이 있는가
법 속에
밥이 있는가

밥이 법을 먹으면
콩밥이 된다
법이 밥을 먹으면
합법이 된다

밥이 법이다
법이 밥이다

평창강 물수리

물수리가 수면 위를 스치듯
잽싸게
누치 한 마리를 낚아챘다

물수리 품에 안겨
번뜩이는 은빛 비늘 세우고 하늘 여행 떠나는
누치,

물수리 나랫짓 따라
좌로 우로
꼬리지느러미를 흔들어 주었다

검은댕기해오라기가
고갤 갸우뚱,
멍한 눈으로 하늘 속을 들여다본다

딸 시집보내고

신발장에 벗어놓은 네 조그만 구두
오늘은
보이지 않는다

베란다에 적막하게 걸려 있던 이쁜
네 팬티들
오늘은
보이지 않는다

하늘에서 하얀 눈 내린다
먼지처럼
허공을 떠돌다
조금씩 내려서 쌓인다

늙은 아내, 빈 둥지를
지키고 앉아
시집간 딸 걱정할 만큼만 눈이 내린다

그리운 홍성

꼬불간 돌아서
은행나무
말무덤
금마천 살진 메기 물살을 친다
의사총을 끼고
숯거리 들어서면
장닭이 목청 뽑아 홰를 쳐 울고
아침별에
조양문朝陽門
젖은 머리 말릴 때
월산 진달래
붉더라, 붉더라,

아버지의 짐 자전거

한평생 버겁던 짐 다 내려놓고
타이어도 튜브도
안장도 짐받이도 떨어져 나간 채

고향 집 앵매기 집 짓는 헛간
구석에 처박혀

예산장— 홍성장— 삽다리장—
새벽안개 가르며 씽씽
내달리던
푸른 시절, 푸른 날들 추억하다가

장꽝에
감꽃 구르는 소리…

가슴 허무는
아버지의 짐 자전거

응봉국민학교*

팔봉산 해 높이를 재며 시작되던
응봉국민학교,
무논에서 개구리가 라랴러려— 언문으로 울면
귀밑때기 새파란 아이들
입이 째지게 책 읽는 소리 들렸었지

측백나무 울타리 늦은 잠에서 깨어난 참새들
구구단 못 외워 벌 받는 아이처럼
살금살금 교실 안을 넘겨다보고
노오란 해가 눈썹 끝에 와서 걸리면
숙직실 부엌에서 강냉이죽 끓는 냄새가 솔솔
풍금 소리에 묻어오기도 했었지

운동장을 끼고 흐르는 실개천엔
각시붕어, 모래무지, 꾸구리, 미꾸라지가
파들거리며 손안에 들어와 잡혀주고
봄비 오다 갠 날 운동장 늙은 벚나무에선

팝콘처럼 터지던 벚꽃,

전교생이 소낙비를 가려도 넉넉하던
플라타너스,
코스모스 화안한 신작로 길, 가을 운동회,
꼴찌를 놓친 적 없던 백미 달리기는
여학생들 앞에서 나를 얼마나 작게 했던가

담임선생님 등에 업혀 소풍 가던 상국이,
국어책을 잘 읽던 똑똑한 윤수,
눈물이 많아 울보 별명을 붙이고 살던 착한 완수,
무릎 꿇고 벌 받던 개구쟁이 용배,

울음 섞인 목소리로 졸업생 답사를 읽어나가던
빨간 스웨터 혜진이는, 또
얼마나 오랫동안 나를 아프게 했던가
구렛나루 거뭇하던 영묵이, 덕회,

그리고 먹석골, 솔안말, 우체국, 청심당 약방도
지금 모두 잘 있는가, 잘들 있는가

* 충남 예산군 응봉면에 소재한 응봉초등학교의 옛 교명

모과

못생긴 모과 하나

방안 가득
눈물 같은 향을 내더니
썩어가며 더욱 깊어지누나

암꽃처럼 피어나는
반점

그대,
누워서도
성한 우리를 걱정하시더니

노파와 개

노파가 죽었다

그림자처럼
붙어 다니던

흰둥이
혼자

주검 곁을
지키고 있다

너구리 가족

어미를 따라 잡혀 온
새끼 너구리

피눈물로 범벅이 된
그물망 속에서
빡빡—
마른 젖을 파고 있다

동그랗게 몸 웅크려
새끼를 품은
새끼보다 작은
어미 너구리,

젖줄 고르느라
안간힘 쓰는
눈빛이
가을 하늘 속보다 깊다

입동 무렵

성가수녀원 뒤뜰에 모과가 열렸다
수녀님 만나면 따 달라고 해야겠다
칠순을 바라보는
안젤라 수녀님은,
멀리서도 잘 익은 모과 냄새가 났다

그 여름

홍수로 깊어진 대흥내를 건너
한낮의 뙤약볕 속을
열무단 이고 늙은 노새처럼 걸어오시는
할머니, 낮은 어깨엔
여치 풀무치 기름챙이도 함께 붙어왔다
소낙비에 전 베적삼에선 눅눅한 쉰내가 피어났다
보릿짚 후둑이며 아궁이 불 지피면
부뚜막에 쪼그리고 앉아 할머니
수제비를 뜨셨다
해꽃은 꺾여 시드는데
쇠품팔러 간 엄마는 돌아오지 않고

귀향

인제는 가리, 은하강 푸른 물결
하얀 쪽배 타고
청보리밭 사잇길 우마차 타고
필릴리— 필릴리—
하루 반나절 들어가면
우물가에 흰 닭이 울고
저녁연기 하늘로 긴 머리 풀어 올리는
탱자꽃 달밤에 화안한 그 집,
흰 무명 저고리 어머니가
아랫목에 더운밥 묻어 놓고
밤마다 젖은 눈 깜박이는 곳으로

II

저 하늘 아래에는

저 하늘 아래에는 운동모자 꾹 눌러쓰고
코스모스 꽃길
말없이 걸어가는 소년과

하얀 팔 내놓고 오르간 앞에 앉아 있는
갈래머리
소녀가 있었다

마중

비가 오는 날마다
할머니는
삼거리까지 마중을 나오셨다

세시 차가 있고
다음은
다섯 시 반이었다

헌 우산은 쓰고
새 우산은 접고
세시 차에 안 오면 다음 차가 올 때까지

비에 젖어,
해오라기처럼 서 계시었다

곡우 단비

하늘이 때를 알아 비를 내리십니다
달팽이는 긴 뿔대를 세우고
가재는 바위를 굴리며
청개구리는 연잎 위에 알몸으로 무릎을 꿇고
물새는 수면을 차고 날며
잉어는 못 위로 뛰어올라
농부는 땅에 엎드려
온몸으로, 오시는 비를 마중합니다

비 오다가 갠 날

젊은 엄마가 옥양목 앞치마
반듯하게 매고
부엌에서 손님 맞을 준비하고
있을 것 같은,

젊은 아버지가 원추리꽃 꺾어
소 귓등에 꽂아주고
무지개 뜬 산길 넘어
소 앞세우고 돌아올 것 같은,

감꽃 지는 마을

감꽃 피는 내 고향 가고 싶다
논두렁에 콩 심고
비 맞으며 깨 모종하고

장날이면 엄마랑 단둘이
등불 밝혀 들고
한내 장길 아버지 마중을 나가고 싶다
개구리 울음소리
가만가만 밟아가며

오늘같이 비 오다가 갠 날엔
앞산 뒷산
나란히 잠든 어르신들
한 분 한 분 깨워 일으키고 싶다

고향 산 베고 누워

저물녘에 들려오는 오뉴월 무논의 개구리 울음소리
건너말 외딴집 불빛 새로 들려오는 다듬이질 소리
한여름 밤 떡갈나무 잎에 떨어지는 굵은 빗방울 소리
저녁나절 들려오는 먼 마을 닭 울음소리
보름도 갓 지난 초가을 빈 마을 우물 터서 들려오는
가늘고 긴 풀벌레 소리 베고 누워 고요히 저물고 싶다

세월 속에서

눈이 와서 마을이 박속처럼 화안한 날
고향에 돌아와서 밥을 먹는다
80을 바라보는 엄마가 해준 흰 쌀밥 먹는다
90을 코앞에 둔 아버지가
50이 넘은 아들 밥 먹는 모습 지켜보다
귀밑에 흰 머리 하나를 뽑아 준다
눈꽃이 전설처럼 피어나는 동화 속 마을에서

장마 끝나고

장마 끝나고,
갈울내깔
징검다리 하나 둘 모습 드러내면
시냇물 맑아져 송사리 피라미 떼 줄을 짓는다
아랫내 물턱
큰물에 휩쓸려온 방개고무신 한 짝 걸려 있다
하늘이 높고 구름이 빠르게 움직인다
버들붕어 한 꿰미씩 들고 곱돌모랭이 돌아오면
배에서 꼬르륵,
소리가 났다

아내

눈길만 마주치고 살자며
첫날밤
잠도 안 자고
창밖에 별만 쳐다보던 그 여자

아들 군대 보내 놓고
오늘은
밥도 안 하며
먼 산만 바라보는 저 여자

가족사진

계급장도 없는 훈병 모자 눌러쓴
삼십 중반 아버지가
세 살짜리 고추를 안고
박꽃처럼 환하다

할머니랑 엄마랑
광시, 청양, 부여 백마강을 배 타고 건너 꼬박
이틀 만에 당도한 논산훈련소

스물다섯 분꽃 같은 엄마는
내외를 하는지
다소곳이 고갤 숙인 채
새촘한 표정,
무슨 생각 저리도 골똘한 것일까

사진 밖에 서 있는
할머니 환한 얼굴도, 내 눈에는 환하다

가장의 밤

잠든 아내 이불 끌어다
미운 발
덮어주는 일

딸 자는 방 살짝 들어가
지폐 한 장
찔러주는 일

아들놈 우산 갖다주고
책가방
들어주는 일

창밖 밤비 소리 들으며
쓴술
삼키는 일

소꿉놀이

한세상, 흙에서 나
땅 파고
씨를 묻다

저 가을 강변
감빛 물 곱게 드는 저녁노을 속으로
소리소문없이
잠겨 버렸으면

소꿉놀이하다
엄마가
부르면

집으로 돌아가듯

첫사랑 그 여자

남몰래
가슴 깊이 묻고 살아도
꿈속에서 불쑥 뛰쳐나와 들킬 것 같아
불안하다

한세상 살며
가슴 좀 실컷 아파 보라고
꿈길마다 찾아와
눈웃음치다

한 발짝
다가가면
살래살래 달아나 버리는

강 건너 그대

하늘빛이 흐려서 손 한번 헐겁게
잡아 보지 못했네
그리워 말 못 하고 살아온 지
오랜 지금
강 건너 갈발머리
반백의 머리칼 날리며 쓸쓸히 웃고 섰는 여인아,
그대 향한 그리움 오늘도
겨울 강둑에
빈 해바라깃대처럼 서 있을 뿐이네

내 안의 여자

우체국 측백나무 사이로
바라보던
오렌지색 원피스가
고옵던 그녀

까마득한 세월 흘러갔어도
그 집 앞 지날 때면
내 가슴은
뛰고 있지

그날 읍내로만 따라 나왔더라면
지금 그녀는
곁에 있을 텐데
항상, 내 안에 있지

봄밤

보리술 씬냉이국에
그대 목소리 동동 띄워 맑은 귀로
담아내는

청복의
밤

소래산 진달래꽃

언제 보아도
제 자리를 지키고 있는 저 산

밀물 드는
포구에서
짜디짠 소금바람 불어오면
소래산 진달래는 석양에 붉게 핀다

앙상한 가지마다
고만고만한 작은 슬픔들 거느리고
해마다
붉게 피는

소래산 진달래꽃

먼 손님

오래도록 기다린 당신,

머리카락 끊어
밥 한술 마련했으니

찬물에 잘 말아
새로 담근 열무김치 얹어서 드시고

가시는 먼먼 길
살펴 살펴 가십시오

망종 지나고

게으른 잠에서
막 깨어나는

청개구리
한 마리

얼마나 울었는지
지난밤

눈두덩이
부어 있다

고향 집

고향 집 팔았단 소식 듣고, 사흘 밤낮
이불 덮어쓰고 잤네
꿈결에도 바람 타고 날아가 대문 밖
서성이며

달 그늘에 잠긴 뜨란 넘겨다 보다
낯선 개가 캉캉 짖어
슬금슬금 꽁무니를 내리며 돌아오고 말았네

밤마다 잠 못 들고 떠도는
발걸음아,
오늘 밤은 어느 낯선 마을 떠돌다
긴 그림자를 끄을며 돌아올꺼나

질라래비훨훨—
하루에도 몇 번씩 날개 돋친 새가 되어 날아가
엎드려 입 맞추고 돌아오는 곳,

인제는 새봄이 돌아와도
찾아오지 않는
식구 하나 더 늘어
샘봉에 쏙독새 밤을 새워 울어 쌓겠네

할머니

돌아가시기
전날 밤

밤새
큰손주 이름 부르셨단다

할머니—

옛 동산에 오르며

저—기 저
소장뜰 대홍내 건너
꿩 산비둘기 사뿐 내려앉는
채당미 해바른 곳은 붙들아버지 묘
닭재산 자락 코불네 산은 꼽새할머니 묘
찬샘골 서낭당 산삐알은 마구셍이 체장수 묘
황골 방죽머리 뱀밭엔 머슴살이 성배 아버지 묘
앞산 모랭이 양지 녘엔 자식 못 둔 천안할머니 묘
함질재 오르막에는 푸른 이끼 덮어쓴 딸그만이네 묘
부엉이골 분고개 산등성은 매방앗간 연승 할아버지 묘
때까치 새끼 치는 팽나무재 너머 애꾸눈이 순옥 엄마 묘
흐드러진 찔레꽃 멍개나무 덤풀 속엔 올망졸망 애기들 묘
수리봉 자락길 지나 시루셍이 먼발치로 중뜸 소이침쟁이 묘
주걱샘 가는 길섶 쑥대밭은 아들 못 둔 연국이 외할아버지 묘
작은매봉재 큰 바위 아래 가재골 다락논 곁에는 늑대할아

버지 묘

죽은 처녀들 달밤에 나온다는 개티고개 황톳길 한복판엔 처녀들 묘

말구루마 비척대는 삼거리 주막집을 지나 갈참나무 숲은 우리 할머니 묘

눈 내리는 저녁

저녁 눈 설핏하게 떠도는 날은
고향마을 찾아들고 싶다
아이들 한바탕 떠들다 돌아가고
시누대 밭 참새들만 춥다고 조잘대던
저녁 어스름,
그 집 앞 지나다가
나풀대던 단발머리 보고 싶다
외양간에 늙은 소
숨 몰아쉬는 소리 들릴 듯하다

꼬마 시인

엄마— 달님이가 자꾸 나를 쳐다봐
괜찮아, 우리 애기 예뻐서 그래

엄마— 달님이가 나를 따라와
괜찮아, 우리 애기 함께 놀자고 그래

엄마, 엄마— 달님이 물에 빠지려 해
울지 마, 달님이는 옷이 젖지 않아

세 살짜리 꼬마가
엄마 등에 업혀 소래 포구를 건너간다

홍성군 금마면 봉서리

개다리소반 위에
밥 한 공기
문밖에서 비 맞고 있다

젊어서 혼자되어
비를 맞더니

마지막으로
한 번 더
비를 맞는다

홍성군 금마면 봉서리

III

밥 앞에서의 명상

종종걸음으로 따라가던 우리 집 염소는
한 치 앞을 알아채기나 했을까 아작아작 배춧잎을 베어 먹던 고놈, 하늘 아래
숨 받은 목숨들은
밥이 되기 위해 밥을 먹는다

뱅어 자반 속에 깨알처럼 박힌 눈알은 총 몇 개나 될까 아기 다람쥐는 누구의 밥이 되기 위해
엄마의 길을 밟았을까 총 맞고 사선으로 날던 콩새는 지금쯤
어느 숲에 떨어져 밥이 됐을까
더듬이가 긴 징게미는 볼록렌즈를 쓰고 왜
그물망을 피해가지 못했을까 칠산 바다에서 잡혀 온 조기들은 어째서
하나같이 입을 벌리고 있을까
태평양을 가르던 명태는 어찌하여
만삭의 알 보자기를 풀지 못한 채 잡혀 온 것일까

나는 지금 누구의 밥이 되기 위해
새벽잠 설치며
퀭한 눈을 뜨고 밥 앞에 앉아 있는 것일까

살기 위하여

혼자 술을 마신다 또 하루를 살고
하루분의 먹이만큼
작아진 몸으로
기름방울처럼 물 위를 떠돌다가
가련한 짐승들 어미 품에 잠든 곁으로 돌아와
혼자 술을 마신다 살기 위하여
조금씩 작아지며 나는
죽어간다
얼마나 더 작아져서 죽어질 것인가
기우는 밤, 작은 별들 하늘에 떠 있다

아버지

지난 겨울 온 세상이 하얀 눈 속에 묻힌 날,
아버지는 호올로 세상을 떠났다
대학병원, 요양병원 수차례 전전하다
끝끝내 고향 집에 내려가 보지 못하고

요양병원 집중치료실에서
거인처럼, 차력사처럼, 온몸에 바늘을 꽂고
고무호스 주렁주렁 늘어뜨린 채
이승의 마지막 끈을 놓아 버렸다

생전 아버지는 개미 한 마리 밟지 않으려고
고갤 숙이고 땅만 보고 다녔다
짐 자전거를 많이 끌어
왼쪽 어깨는 주저앉고 오른쪽은 솟아올랐다

영하 18도 살뚱맞은 추위 속에
하늘은 연사흘째 사카린 같은 눈을 뿌렸다

적막하디 적막한 새벽 한 시—
비보를 받고 달려간 요양병원 집중치료실

하얀 칸막이가 쳐진 시트 위에 반듯이 누워
아버지는 단 한마디 말이 없고
고향에서 올라온 홍시 하나, 머리맡에
빨간 조등을 밝히고
아버지의 마지막 밤을 꺼질 듯 비춰주고 있었다

장구미 고모

아버지 상을 치르고, 친정 조카가 보고 싶다는
고모를 뵈러
신양면 황계리 노인 요양원을 찾았다

—아버지가 저 전달에……
말문을 열려는 순간 고모는 빨간 목젖을 떨며
어린아이처럼 목을 놓았다

89살 먹은 동생이 91살 오빠
비보를 접하자
오빠를 부르며 부르며 송아지처럼 머리를 부딪쳐 울었다

할머니가 다섯 살 난 딸을
삽다리 제재소 집 애 보는 아이로
주고 온 날 그 밤에도
모녀는 다른 지붕 아래서 저렇게 울었을 것이다

밤 되면 호랑이가 찾아와 무섭다며
정신 줄 놓으시는 고모
지금도,
눈 쌓인 봉수산 쳐다보며 그 밤 생각하시는 걸까

고비사막으로 떠난 낙타

할머니 등에는 항상 혹이 붙어 있었다
고비처럼 굽은 할머니,
코를 벌룽거리며 날숨을 내쉴 때마다
고비사막 바람 소리가 났다

터벅터벅 마실 갔다 돌아올 때나
눈꺼풀 껌벅이며 꾸벅잠 잘 때도 악착같이
달라붙어 있던 혹,
혹이 점점 자라 버거워질 때가 되면
절로 꼭지가 떨어져 나가고
예쁘고 자그만 새 혹이 알살을 드러낸 채
자라나고 있었다

우리 칠 남매는 낙타 등에서 떨어져 나왔다
마지막 혹이 떨어져 나오고
늙은 낙타는
시름시름 앓다 다리를 끄을며

고비사막으로 떠났다
은하의 별들이 폭우처럼 쏟아지는 밤이었다

나왕케촉*

음악이 있기 이전에 먼저 소리가 있었다
그의 노래는 소리의 세계에 있다
별과 별 사이를 스치는 아스라한 바람 소리다
어미 뱃속에 웅크린 태아가
깊은 잠에서 깨어났을 때

달팽이관을 통해 들려오는 우주의 숨소리다
우산살처럼 펼쳐진 타르쵸 오색 깃발이
스산한 바람결에 날리는 저녁,
소금 자루 운반하는 야크 떼 꺼진 옆구리를 시리게
스쳐가는 초원의 바람 소리다

끝없는 망명길 달라이라마의 수행승이 되어
히말라야 산기슭에 은둔자로 살아가던
나왕케촉, 언제부턴가
대나무 피리 한 자루로 떠돌며
고독한 티베트의 바람을 불어 내기 시작했다

태양은 날마다 떠올라 같은 길을 되돌아올 뿐,
그대 외로운 혼이
한 자루 대나무 피리를 만나면
티베트의 산과 강이 흐느끼며 춤추고
마침내, 설산을 넘어
남쵸호 광활한 호수에 쏟아지는 새벽 별이 된다

* 나왕케촉: 티베트 출생 음악가로 중국의 티베트 침략 후 인도로 망명, 달라이라마의 수행승이 됨. 그의 음악적 재능을 아까워한 달라이라마는 음악을 통해 티베트의 독립을 세상에 알리기 위해 환속시킴.

페인트칠하는 남자

양수 속 태아가 어미 배를 발로 차내듯
무중력 상태에서
우주인 암스트롱이 유영하듯
33층 아슬한 하늘 끝에 목숨 매달고
한 남자가 페인트를 칠한다

거미가 항문으로 실을 뽑듯 길게 로프를 드리우고
반동을 이용해 부드럽게
공기를 밀쳐내며
상하좌우 이동하는 손과 발의 동작,

얼마나 많은 세월 몸과 마음 갈고 닦으면
저리 자유로운 몸 될 수 있을까
몸 가는 대로 마음이,
마음 가는 대로 몸이 따를 수 있을까
묵묵히 하늘에 페인트를 칠하는, 저 남자

아버지는 힘이 세다

아버지는 힘이 세다
세상 누구보다도 힘이 세다
손수레에 연탄재를 가득 싣고
가파른 언덕길도 쉬지 않고 오른다
꼭두새벽 어둠을 딛고 일어나
국방색 작업복에 노란 조끼를 입고
통장 아저씨를 만나도
반장 아줌마를 만나도
허리 굽혀 먼저 인사를 하고
이 세상 구석구석
못쓰게 된 물건들을 주워 모아
세상 밖으로 끌어다 버린다
나를 키워
힘센 사람 만들고 싶은 아버지,
아버지가 끌고 가는 높다란 산 위에
아침마다 붉은 해가 솟아오른다

비 내리는 소래 포구에서

두꺼운 안경알에 빗방울이 방울방울 달라붙는다
내 작은 생의 닻을 갯물 속에 내려놓고
낡은 시계 바늘 들여다보며
막 건져 올린 망둥어 안주 삼아 술을 마신다

젊은 날의 슬픈 사랑과 돌이킬 수 없는 추억들이
뻘 속 깊이 가라앉아
사물거리다
하얀 포말로 뽀글대며 떠오르는 소래 포구,

조금씩 기우는 폐선
갈매기 똥 어룽진 갑판 위에 웅숭그리고 앉아
너울처럼 떠오는 고독이
자고 나도 항상 오늘이 되는 나날 속에

갈매기야,
머리맡에 낮게 떠가는 괭이갈매기야,

낚싯대 멀리 던져 놓고
흐려지는 눈알 비비며
두고 온 시간을 건져 올려보는 소래 포구, 저물녘에서

그 시절

종점에서도 한참을 걸어야 닿는 변두리의 변두리

내 새끼들 잠들어 있는 연탄 냄새 다정한 집에는
방 안 가득 하얀 기저귀가 마르고
젖살 포동한 갓난애기 배냇짓하며 나비잠을 잤다

날개옷 잃어버린 가련한 천사는
전설 속에 갇혀
날아가지 못하고

밤 되면 수지웁게 하늘 같은 지아비를 맞아들였다

소의 유언

—2010년 구제역으로 살처분된 이 땅의 11만 마리 소들을 진혼하며

저는 다 알아요, 싸락눈 싸락싸락 루핑 지붕을
때려 쌓는 소한의 아침,
주인님 지극정성으로 마련해 주신
검정콩 누렁콩 듬뿍 넣은 특별식 받아먹으며
이미 다 알고 있었어요

마지막 길이 슬퍼 눈물 펑펑 쏟은 게 아니오라
주인님 넘치는 사랑에 그만
눈물샘이 터져 버리고 말았던 거였어요
다 알아요, 집 나올 때 왜
주인님 다수운 손길이 제 언 잔등 위에서 오오래 떨리고 있었는지
고욤나무 쳐다보며 한사코 줄담배만 태우셨는지

그날, 미시未時 조금 지나 날이 개고
수리봉 산그림자

사부작사부작 눈 쌓인 밭고랑을 타고 내려올 무렵
주인님 저와의 긴긴 세월,
추억의 구기자 밭 개옻나무 아래서
알 수 없는 주사 한 대를 맞고 개골창에
꼬꾸라져 나뒹굴다
포클레인 삽날에 찍혀 땅속 깊이깊이 묻히고 말았어요

뼈는 묻고 살은 썩어서 꽃 피는 봄날이 오면
이 땅을 푸르게 할 흙이 되어드릴게요
제 무덤 위에도 밤마다 푸른 별 돋고 철 따라
이름 모를 작은 꽃들 피어나겠지요
그동안 고마웠어요, 눈물 거두시고 안녕히 안녕히 계시어요

염소

늙은 염소가 아작아작 마른 볏짚을
씹고 있었다

구름 사이로 한 해 마지막 남은 햇살이
희미하게
비추이고 있었다

알약처럼 힘없이 쏟아져 내리는 염소 똥에선
모람모람—
잘 발효된 술빵 냄새가 났다

한 밤을 더 자고 나면
고집스럽게 나이를 많이 먹어버린
저 염소도

할 수 없이 나이 한 살 더 먹고
조금 더 자란 수염을 나부끼며 서 있을 것이다

추자도 뿔소라

추자도 뿔소라를 안주 삼아 술을 마셨네

날카로운 뿔 곧추세우고
몸통 으깨져도 끝끝내
몸 열지 않는
추자도 뿔소라를 깨 먹으며 술을 마셨네

왜놈 되놈 쳐들어와도
차라리 목숨 끊을지언정 치마끈은 풀지 않았던
고추같이 맵찬
우리네 할머니의 할머니의
할머니들,

옭매고 옭맨
고갱이 속 순정이 피 토하는 밤
마주 앉은 순 토종,
조선의 얼굴들을 번갈아 쳐다보며 술을 마셨네

끌려가는 소

끌려만 가고 있네, 빗소리 한사코
수군대는 논둑길
먼 하늘에 두 눈알 박고
굳은 입술 다문 채 끌려만 가네

찬비 맞는 봄풀들 검은 머리 흔들며 우네
동구 밖에 장승
비 뿌리는 하늘만 쳐다보네

주막거리 지나 우두봉牛頭峰
바라보며
피눈물 흩뿌려 거친 바람 잠재우고
돌아보고 돌아봐도
하얀 꽃잎만 흩날리는데

끌려만 가고 있네, 한 번 가면 돌아올 수 없는 길
독새풀 파릇이 돋아나는

하늘과 땅이 맞닿은 곳으로

곧은 뿔 잘라지겄네, 움머—
넓은 발 피집 잡히겄네, 움머—
두 눈 크게 뜨고 쓰러지겄네, 움머 움머—

닭집

닭장 속에 닭들이 한 마리씩 죽어갔다
부릅 눈 뜨고 날개 퍼덕이며
할딱대던 닭,

닭집 아줌마는 하느님이시다
벼슬이 크고 빛나는 닭부터 하나씩
목숨 깊숙이 칼날을 밀어 넣고
손 씻고 돌아서서 한 줌 모이를 던져주면

목숨 붙은 닭들은
한 알의 모이를 더 먹기 위해
벼슬을 세우고 쪼고 할퀴며 필사적으로 싸웠다
닭장은 점점 비워지고
마침내 남아 있는 한 마리의 닭,

빈 닭장을
왔다— 갔다— 하다

눈을 내려 감고 모이 접시 앞에 서 있다

산 낙지를 씹으며

리펑, 덩샤오핑
천안문 발포

어항 속에 낙지가 헤엄을 친다

1989년
6월 6일

초고추장 종지 속에서
꼬물대는 낙지발

광주, 사인 규명
10만 운집

난도 당한 낙지발이
입천장에 달라붙는다

법질서 파괴 시
단호 대처

깻잎에 쑥갓을 놓고
오이, 고추, 마늘을 싸

꼭꼭 씹어 삼켰다

불혹不惑
―40세

길 가는 여자들 먼눈으로 바라보며
죄를 짓다

돌아서면
문득,

딸애의
귀갓길이

걱정되는
나이

종심從心
—70세

길 위에서 만난 고추잠자리 한 마리
어깨 위 사뿐 앉아
말 걸며
따라올 것 같다

여우비 잠깐 뿌리다 지나가는
가을 산길,

떡두꺼비 한 마리 풀섶에서 뛰어나와
길동무하자며
길 막고
떼를 쓸 것 같다

금성 일식

두꺼운 구름 커튼을 열어제끼고 살짜기
살굿빛 태양이 수지운 얼굴을
내밀었다
구름 빛이 차차 엷어지며
햇살이 부챗살처럼 퍼져나가자
살굿빛 얼굴이
진한 감빛으로 한껏 달아올랐다

2012년 6월 6일,
좁쌀 만 한 점으로 나타난 금성이 태양의 흑점
사이를 뚫고
가슴 한복판을 어루만지며 지나갔다

07시 9분 38초부터
13시 49분 35초까지

하늘과 땅, 온 우주가 숨을 죽이는, 아!

고요하여라…
황홀하게도 슬픈
슬프게도 황홀한 세기의 만남, 그 찰나의 순간을
굵은 땀방울 뚝, 뚝,
떨어뜨리며
달궈진 태양의 몸은 활활활 타올랐다

얼마나 긴긴 기다림이었을까
이토록 짧은 만남 위해
산길 물길 들길 먼 하늘길 에돌아 105년 뒤
다시 찾아오마고
머리맡에 달랑, 쪽지 한 장 써 놓고
또다시 먼 길 떠나버린 바람둥이, 떠돌이별!

실레네 스테노필라*

얼마나 간절한 기다림이었을까
빙하 말 시베리아 콜리마 강변
매머드 들소 뼈가 묻혀 있는 동토 속에
기억이 짧은 북극 다람쥐가
숨겨놓고 찾지 못한 열매 한 톨,

해와 달과 바람의 손길 기다리며
3만 1천8백 년 동안의 고독한 잠 속을
뒤척이다 러시아 과학자
손끝에서
하얀 울음 터뜨리며 꽃을 피워냈다

실레네 스테노필라!

얼마나 가슴 떨리는 설레임이었을까
밀레니엄이 수레바퀴처럼
돌아가는 동안

산이 강 되고 강이 바다가 되고
얼마나 숱한 생명들이 지구별을 찾아와
사랑하고 사랑하다 돌아들 갔을까

눈썹 끝에 가물대는 자그만 별 하나 반짝,
빛난다
머언 태곳적 별에서 폭발한 불빛이
수백 광년을 달음질쳐 와
지금 막, 내 망막 속으로 들어왔으리라……

* 러시아 연구진이 시베리아 콜리마강 인근 툰드라 지대 지하 38m에서 3만 년 동안 얼어붙어 있던 석죽(패랭이꽃) 과의 열매를 발견, 조직을 배양해 꽃을 피우고 열매를 맺게 된 식물명.

1999년 12월 31일 밤을 위한 시

세기의 마지막 밤, 잠시 후면 새천년이
시작되리라, 새천년 새 아이들이
첫울음을 터뜨리리라
지구촌의 들뜬 사람들 밀레니엄 축제로
홍청대고 있을 시간, 나는
아시아의 동쪽 끝 사우스 코리아
수도 서울의 어둡고 춥춥한 방구석에
이불 덮어쓰고 누워
오늘 인천 앞바다로 떨어진 태양과
내일 아침 동해에 떠오를 태양이
어떻게 어떻게 다를까를 곰곰 생각타가
동네 슈퍼에 얼마의 외상값과
몇 년은 더 갚아야 할 빚과 통장을 머리맡에 놓고
새천년을 맞는다
저녁에 갈아 넣은 연탄은 아침까지는
내 등을 따습게 해 줄 것이다
저녁밥을 남겨 놓았으니

내일 아침엔 찬밥을 먹으면 될 일이다
꽃은 피고 나비는 날고
강물은 예고 또 예고
지상의 영웅들이 끊임없이 새 이름표를
바꿔 다는 동안, 태양은 또다시
천 년 외롭고 따분한 여행을 계속할 것이다

IV

개밥바라기별

개장수 줄에 묶여
끄—을려가던
복실이

울음빛 노을 속에
산모롱이
돌아갈 때

찬찬히
뒤따르던

개밥바라기별

쎄리

쎄리가 팔려갔다, 할머니는 막내를 업고
방죽머리까지 따라나가
마지막 가는 길을 지켜 주었다

이튿날 어둠이 짙게 깔린 새벽
응앙응앙— 문살 긁으며 우는 소리가 들려왔다
빗속을 뚫고
읍내 삼십 리 길을
피투성이가 되어 도망쳐 온 것이었다

"영물이여, 영물이여……"
할머니는 하얀 행주로 쎄리 몸뚱이를 닦아주고
쎄리는 꽃잎 같은 혀로
할머니 손등을 핥아 주었다

날이 밝았다
문 밖에 개장수가 서 있었다

납죽 배를 깔고 파들파들 떨며
슬픈 눈빛으로 식구들을 번갈아 쳐다봤다

스피커 줄에 묶여
자운영 꽃 붉은 논둑길 따라
멀리 희미한 한 개 점으로 지워져가던 쎄리……

루루를 위한 세레나데

너와 함께 거닐던 솔밭 사이 산책길 따라가며
이름 불러보면
초저녁 초록별로 떠올라
눈빛 반짝이는 너,

세상은 너한테 살 만한 곳이 못 되었나 보다
천둥소리가 무섭다고
울면서 집을 나가 하늘로 간 너,
천둥 번개가 없는
천왕성이나 명왕성 어디쯤 조용한 별에 가서
다시 태어나거라

시츄, 4.5kg의 여덟 살 난 여아, 이름 루루,
임신 경험 없고 날씬한 몸매,
소리에 매우 민감하고 시력 약한 편임,
밝은 갈색에
이마와 뒷목덜미 흰색 다이아몬드 무늬

루루, 이름만 부르면 어디선가 불쑥 나타날 것만 같은
두 귀를 쫑긋,
꼬리를 살랑살랑 흔들며

잘 가라,
우리 집 착한 루루, 이젠 너의 모든 것을
놓아 주련다, 솔바람 소리에게
노오란 애기똥풀에게
모감주나무 이파리에 붙은 풀잠자리 작은 알들에게

장미는 왜 붉게 피는지

이번 여름엔 사랑을 하고 싶다

야한 티 하나 사 입고
낯선 여자와
낯선 거리에서
낯설지 않은 사랑을 하고 싶다

장미는 왜
붉게 피는지

낯선 거리에서 묻고 싶다

초롱꽃

달빛에 잔별이 깔리는 풀밭

처녀로 죽어서 길 한가운데 묻혔다는
눈썹 푸르던
누이

분 화장하고
눈썹 달고

고즈넉이 서 있다

강아지꽃

너무 일찍 간 아랫말 순이
입가에
볼우물처럼

우물가 풀섶에
함초롬
피었다

이내
시들어버리고 마는

능소화

가까이 오지 마셔요
이슥한 눈빛으로
떠보려 하지도 마셔요

애오라지 단 한 분,
지아비 손길로만
피어나는 꽃이랍니다

제 몸에 손대는 순간
그예 당신은,
눈이 멀고 말 것이어요

능소화 사랑

단연코 잊지 않으리라
달빛 따서 덮어주던
그날 밤 그대 다순 손길

잠든 순간이라도 한 번만
살짝 다녀가오시라
천 개의 귀 쫑긋거리며
만 개의 눈 깜작거리며

작두날 타듯,
아스라이
맨발로 하늘 끝 오르다

사무침이 다하여
뎅강뎅강—
목을 버혀 떨구었고녀
담장 밑에 뒹구는 사랑아

민들레꽃

갈라진 장독대 틈새나
자갈밭, 돌 틈, 보도블록 사이라도 좋아
개똥밭에 피어나도
나는 좋아
긴긴 겨울 견뎌내고
쪼르르—
아침 볕에 젖은 머리 말리며 꽃등 하나씩 켜 들고 섰는
웃음 헤픈 어미가
아무 땅에 아무렇게나 퍼뜨려 놓은
노랑꽃, 하양꽃, 흰노랑꽃…
한철 지나고 나면 바람 타고 뿔뿔이 흩어질
애꿎어라, 옹기종기
눈빛도 하 착한
아비 모르는 자식들

빨래터 풍경

구렛들 버드나무샘은 근처에서도
유명한 빨래터였다
여름엔 찬물, 겨울엔 더운물이
언제나 팡팡 솟아올랐다
아침나절이면 마을 아낙들
하얗게 둘러앉아 빨랫돌 하나씩 차지하고
쉴 새 없이 이야기꽃을 피워
아랫마을로 띄워 보냈다
나어린 계집애들 감꽃 목걸이 걸고
입이 째지게 동요를 불렀다
먼 들녘에서 장항선 완행열차가
한낮의 정적을 깨면
물무당도 덩달아 신이 나 힘차게
물살 가르며 매암을 돌았다
손등이 까만 개구쟁이들 어미한테 잡혀
엄살을 떨고
수세미로 닦달당한 손등은 어느새

배냇 손처럼 하얘지지만
하루만 지나면 도로 아미타불이 되었다

독골 엿장수

아침나절이면 엿가위 소리 짤깍대며
감꽃 피는 마을 찾아오던
독골 엿장수,
챙그랑— 책, 쨍그렁— 짤깍—
실속은 없었지만 언제나 다정한 아이들 친구였지

엿장수 궁디는 끈적끈적—
마른버짐 핀 머슴애들 데설궂어도
눈 한 번 끔벅이며
씨—익, 웃어 주면 그것으로 끝이었지

어쩌다 한잔 술에 어깨춤을 출 땐
복실이도 꼬리 치며 방울 흔들고
처마 끝 아슬한 낮달 웃음 참느라 눈물
질금거렸지

허드레 물건 지게 가득 짊어지고

구렛들 저녁 안갯속으로 묻혀가던 독골 엿장수,
유난히 춥던 그 겨울 마지막으로
가위 소리 들리지 않았지
챙그랑— 책, 쨍그렁— 짤깍—, 쨍그렁— 짤깍…

소금 동냥

간밤에 불장난을 하다 잠이 들었다
깨어보니 지도를 그려 놓았다
엄마는 잠자코 쪽박을 들게 하고 머리 위에
키를 씌워 주었다
키 다리가 땅바닥에 끌리고 있었다
강아지도 꼬리 치며 졸졸 따라왔다

아침 해가 뜨고 낮은 초가지붕마다
하얀 박이 둥근 배를 안고 웃고 있었다
벗겨지는 키를 바투 잡고
미숙이네 높다란 대문을 넘어섰다
잘록한 개미허리에
옥양목 앞치마 맵시 나게 동여맨 미숙 엄마는
여느 때와 같이 살가운 표정으로
쪽박에 하얀 소금을 가득 채워 주었다

허리 굽혀 인사하고 돌아서는 순간,

—다섯 살씩이나 먹은 데런님이 워칙헐라구
허구헌 날 오줌을 싸유!
사정없이 부지깽이는 내리치고 있었다
울음보를 터트려 볼 틈새도 없이 종종걸음을 놓다
신발코가 돌부리에 벗겨지는 바람에 그만
울음보가 터져 버리고 말았다

우리 집 마당엔 할머니 고모 삼촌까지 나와
얼굴 터지게 웃음꽃을 피우고
뒤란 쏙쏘리감나무 꼭대기엔
까치가 날아와 앉아 맑은 소리로 울고 있었다

부루쌈*

촌가 아낙들 밭일 허름해지면
꽁보리밥 한 덩이씩
앞치마 속에 꾸리고 가이웃집 대청마루
치맛자락 훌러덩 걷어 올리고 둘러앉아

부루 여러 장을 겹쳐
꽁보리밥 한 술에 묵은 된장
숟가락 꼬챙이로 찍어 발라 부릅 눈 뜨며 입안 가득 볼이
터지게 욱여넣고

매운 고추 하나 질근 깨물면 눈물 글썽,
콧등엔 송송송…
굵은 땀방울 맺히곤 했었지
게으른 여름 해 꼬랑지가
싸리울에 걸릴 때까지 곯아떨어져
꿀잠을 자다가
일소 방울 소리 가찹게

다가오면
소스라치게 놀라 일어나 돌아들 갔지

* '부루'는 '상추'의 옛말, 혹은 충청도 말. 잎이 작고 쓴맛이 강함.

낙화

목련꽃 지는 토요일 오후
내 청춘을 묻은 교정에
빛바랜 세월의 조각들이 흩어져 있었다

손끝에 잡히는 것들
주워 모아
풀꽃 같은 이름 하나씩 붙여 보다
바람에 날려 보내고

남은 몇 개
책갈피 속에 끼워 가방에 담았다

바람은 점점 난폭해져
소녀들 치맛자락을
말아 올리고
꽃 지는 하늘마다 날이 저물고 있었다

재분이

국어 시간이면
홍콩 아가씨를 불러주던 재분이
졸업한 후 한 번
소식 줄 줄 알았는데
아카시아꽃 내란처럼 피어나는 이 계절에
한 번 헤어지고 못 만나는 네가
그리워진다
작은 키에 커다란 눈
시골 출신
충청도 서산서 오빠 밥해 주러 올라와
학교에 다닌다던 재분이
지금쯤 고향으로 다시 내려가 콩밭 매고 있는지
낯선 거리에서 비 맞고
서 있는지
교정의 새들도 자라서 날아가
한 번은 돌아오는데
우리 다시 만나

3학년 1반 교실에서
너의 노랫소릴 들어 보고 싶구나

겨울, 소명원*에서

겨울, 소명원엔 설레는 숨결이 있다
땀내 나는 노동의 휴식과 단호한
자연의 질서가 있다
낮게 낮게 흐르는 마른 풀잎의 향기
한 잎 두 잎 가을을 벗고
마침내 완성되는 겨울나무의 자태

천상의 열매를 돌려주고
가난한 들쥐 다람쥐한테도 돌려주고
상처투성이 빈 가슴
집 없는 생명들의 편안한 겨울잠을 위해
억센 옹이로 버텨 서서
한 해 자란 키를 재 보는 나무의
크고 넉넉한 마음,
새들이 몇 번이고 가지를 옮겨 앉는다

겨울, 소명원은 이마에 손을 얹고

깊은 침묵에 잠겨 있다
빈 곳간에 송곳니를 가는 다람쥐들은
쳇바퀴를 돌리며
어떻게 어떻게 겨울을 인내하는가
높다란 가지 끝에 뒤웅박을 걸어 놓고
벌들은 왜 찬바람에 흔들려 보는가
겨울나무는 어떻게
꽃보다 아름다운 눈꽃을 피워내는가

건강한 노동으로 단련된 가슴만이 뜨겁게
겨울 속의 봄을 맞이할 수 있다고
겨울, 소명원은 나뭇가지를 흔들고
발목을 떠는 새들,
마지막 햇살 한 땀씩 따 먹고
숨찬 날개 부딪쳐 겨울 속을 날아오르고 있다

* '소명원'은 부천시 소명여자고등학교의 정원

학교를 떠나며

봄을 재촉하는 비가 추적추적 내리고 있었다
지난 겨울은 춥고 길었다
귀밑머리 새파란
총각 선생으로 왔다
오늘은 반백이 되어 혼자 짐을 싼다

책상 비우고 사물함 비우고
노트북을 비우고
낡은 슬리퍼가 들어앉은 신발장을 마지막으로 비우고
책이며 앨범이며 교무 수첩이며
33년 세월 때가 켜켜이 앉은 소지품들
보자기에 나누어 꼭꼭 싸맸다

그동안 내 곁에서 날아간 풀꽃 같은 이름들은
어디에서 어떻게 뿌리를 내리고 있을까
방울방울
유리창에 아롱지며

흘러내리는
빗방울, 빗방울, 빗방울들

멍하니 창밖만 바라보는 동료들 뒤로하고
뚜벅뚜벅………
긴 복도에 마침표를 찍었다
빗방울이 점점 굵어지고 있었다
교정의 나무들 젖은 어깨 들먹이며 거기 서 있었다

지후가 오는 날

지후가 온다, 강남제비 앞장세우고
지후가 돌아온다
꺅두서니 빛으로 동터오는 새벽
창밖 미루나무 참새 떼 모여 앉아
햇살을 굴리며 쪼으며
조잘거린다, 재잘거린다, 쪼잘거린다
백일도 갓 지난 것이
살에서 오이풀 내 나는 어린것이
먼 경상도 영천 외가에 가 있다
일 년 만에 돌아오는 날이다
꼬까옷도 사놓고 방 청소도 해 놓고
얼굴에 뭔가 찍어 발라도 보며
어린 손님 맞이할 준비로
집안이 온통 어린아이처럼 들떠 있다
희고 자그만 깡충거미 한 마리
천정에서 사뿐—
탁자 위 나비란 잎새에 내려앉는다

혜준이

내 딸의 젖을 물고 곤하게 잠든 아가야
녹두 알 같은 아가야
지구에서 먼먼 안드로메다 성운 어디쯤
세 필 조랑말이 이끄는
작은 별자리에서 떨어져 나온 아가야

메밀대처럼 여린 늬 에밀 지켜주려고
길동무 하나 없이
멀고 험한 길 찾아오느라 참 고생도 많이 했구나

그렇다고, 그렇다고,
잠에서 막 깨어나 눈물 글썽이며
아직 세상에 나오지 못한 천상의 아가들
메시지라도 전하려는 듯

통 알아들을 수 없는 외계의 말
옹알거리며

진땀을 빼고 있는

요 놈—

밤낮 직 에밀 파먹어 통통 살이 올랐구나

비탈에 서서

막막한 벌판 끝에 노을이 진다
비 맞고 들길 건너간
내 청춘,
어느 하늘 낯선 추녀 끝에
비를 긋고 서 있느냐
강물은 가슴을 깎아 길을 내어 흘러가고
강을 건너는 바람 소리
서거픈 밤,
망초꽃 지천으로 피어나
길 잃은 별 하나 길을 찾아 떠난다
비 맞고 들길 건너간
사랑아,
저무는 강물 위에
내 작은 생애도 함께 흘러만 간다

자화상

푸른 하늘을 우러르는 일이 부끄러워
언제나 고갤 숙인 그 사람,
화살은 수없이 날렸지만 과녁을
맞춰본 적 없었네
혹여 발자욱 소리 들릴까
걸음걸이 항상 조심스러웠네
반세기는 늦게 태어나
뒤만 바라보며 실컷 자기 몫을 쓸쓸해하다가
시드는 낮달처럼
스러져 없어질 그 사람,
오늘같이 푸른 날은
흰 고무신 닦아 신고
뜸북새 우는 긴 논두길 걸어보고 싶네

그날

딱지치기하던 동무들 두어서넛
우산 받쳐 들고 지켜보는
산등성이—
비 그친 다음 잠시
지나가던 구름장 사이로 늦은 가을 햇살 한 줌
떨어져
관 위에 어룽지는

아름다운 이름 하나
김용화 시선집

발행일
2021년 11월 10일 초판 1쇄

지은이 ● 김용화
펴낸이 ● 김종해
펴낸곳 ● 문학세계사
출판등록 ● 1979. 5. 16. 제21-108호

주소 ● 서울시 마포구 신수로 59-1(04087)
대표전화 ● 02-702-1800
팩스 ● 02-702-0084
이메일 ● mail@msp21.co.kr
홈페이지 ● www.msp21.co.kr
페이스북 ● www.facebook.com/munsebooks

값 10,000원

ISBN 978-89-7075-780-3 03810